Mauricette
le chant du coq

Du même auteur :

Editions **ELYTIS** :

Des roses pour une langouste, 2001.

Editions **GUNTEN** :

Sangs vérité, 2002.
La Souillure, 2003.
Danses au Soleil, 2004.
Julie des Chocolats pour ma soeur, 2005
Ar Morer, 2005.
Laure et le Loup, 2005.

10, Place Boyvin - 39100 Dole

ISBN : 2.914211.40.6

Gilbert Pastore

Mauricette
le chant du coq

Marseille.

Charles René Travaillini est allongé sur son lit surélevé, la tête reposant sur un oreiller à l'enveloppe finement brodée. Il regarde la mer. Par un effet d'optique, il peut croire qu'elle se trouve juste derrière l'immense baie vitrée grande ouverte sur la terrasse surplombant la Méditerranée.

Mélancolique ? Même pas. Pourtant il sait qu'il va fermer les yeux pour toujours. Usé, mais pas malade. Quatre-vingts ans sans avoir été touché par les microbes. Une sacrée veine, pense-t-il, ou tout simplement grâce aux gênes que lui avaient transmis ses parents.

Pendant longtemps il avait pourtant cru que ses géniteurs ayant trimé toute leur courte existence, ne lui avaient rien laissé d'autre comme héritage que la vie. Aujourd'hui, à son heure dernière, il savait que cette santé hors pair avait été une bénédiction des Dieux, donc de ses parents. Charles allait passer de l'autre côté comme ça, parce que c'était ainsi, tout simplement. Naître, vivre, ou survivre, et mourir. Pour lui, ce passage se ferait sans douleur, seul, sans ami véritable, sans femme et sans enfant auprès de lui. Il acceptait de payer l'addition de ses choix et au fond, il ne regrettait presque rien. On ne peut pas avoir le beurre et l'argent du beurre, non ? C'était une évidence et il était cartésien. Alors ? Alors il caresse un bijou de pacotille en forme d'orchidée.

Il ferma un instant les yeux, juste pour se souvenir plus intensément d'un souvenir, d'un détail dans sa vie qu'il aurait pu oublier. Mais vous savez, un détail en amène un autre, puis un autre…

1948. Angelo Luiggi Rastrelli s'engage dans la marine. Il en a assez des petits boulots de misère que son manque d'instruction l'oblige à accepter pour survivre dans cette ville où il est né, un 24 juin, en 1926, à Marseille, dans le quartier du panier, plus porté vers le bas des pâquerettes que le haut des roses du Prado. Pourtant, à quelques 500 mètres de chez lui, un peu plus bas, se situe la canebière qui débouche sur le vieux port, disons sur la joie de vivre. Vous savez, le bar de la marine, ce bar, épicentre de la fameuse trilogie de Pagnol. Mais oui, tout le monde connaît les trois films, Marius, César et Fany. Non ?! Mais pour en revenir à Angelo, c'est la bouffe qu'il faut assurer. Ses vieux, enfin, ses parents – il n'aime pas cette expression de « vieux » – donc, immigrés de la basse Italie, ne roulent pas sur l'or. Son père, bouif, ou si vous préférez, cordonnier, s'est mis en association avec Djolakian, dit Pelos, un arménien immigré lui aussi, brave comme personne mais aussi fauché qu'un passe-lacet.

Tous les deux travaillent douze heures par jour, six jours par semaine que Dieu fait. Pourquoi ont-ils uni leur sueur à leur pauvreté ? Deux raisons à cela. La première : parce qu'ils sont amis et compagnons d'infortune.

La deuxième : parce qu'ils peuvent tous les deux augmenter leur maigre salaire en s'occupant des selleries sur les yachts de plaisance amarrés au vieux port. Et pour ce travail, il vaut mieux être deux. Quant à la mère d'Angelo, pour arrondir les fins de semaine, elle est platteuse ou, si vous préférez, laveuse au lavoir public et repasseuse également chez Mme Izabelle. C'est pas dur, c'est plus que dur ! Elle ne se plaint jamais, Mama Laura, malgré ses engelures l'hiver qui lui déforment les mains, et la sécheresse de la peau l'été qui lui craquelle les mains. Ah, ce fameux savon de Marseille qui use beaucoup ce qu'il lave si bien. Qui ne le connaît pas ce savon, surtout à cette époque. Pour les études, disons qu'Angelo a été plus poursuivi par elles qu'il ne les a suivies. Son diplôme suprême, première partie du certificat d'études primaires comme ça existait à l'époque, certificat première et deuxième partie, brevet élémentaire, brevet supérieur, bac première et deuxième partie. Le certificat, c'était un peu la sixième d'aujourd'hui, et à treize ans, encore ! Mangez et buvez avec ça ! Sa véritable éducation : la rue ! Son point fort, son atout, c'est son physique. Un beau type. Et sa force ? Une morale élastique alliée à des muscles d'acier.

Premier vrai boulot à seize ans, serveur dans un bar à putes, donc de maquereaux et de demi-sels toutes spécialités. Pendant trois ans, Angelo a su résister aux chants des sirènes, comme les combines foireuses rapportant gros ! Il est particulièrement intelligent et il fait la part des choses. Il a remarqué à juste titre que dans son environnement, la moyenne des mecs friqués et à peu près tranquilles pendant quelques mois n'est pas très élevée. Il l'évalue à dix pour cent. Allez, en poussant à l'optimisme, à quinze pour cent, mais c'est bien le maxi. Il reste donc loin des coups merveilleux. Le fameux miroir aux alouettes.

Angelo s'est fait un devoir, pendant les absences de ces messieurs en villégiature aux Baumettes, par exemple, d'assurer l'intérim moral et physique de leurs dames. Il n'a pas le tempérament mac, c'est pas son truc. Non, il se contente de consommer, de consoler et d'aider ces dames seules qui peuvent avoir quelques problèmes avec des michetons récalcitrants. Et ça arrive. Jamais il ne se fait payer en argent pour ses services, et ça, ça se sait parmi les voyous. Angelo est respecté et admiré pour ça car ces messieurs comprennent que tout travail ou service doit se payer.

Les mois passent, trois ans et un mois pour être exact. Il a consommé de l'amour jusqu'à plus soif, et il pense que son avenir est ailleurs. Victime des affiches en couleur montrant des paysages de rêve ? Même pas ! La rudesse de la rue lui a enseigné que tout se gagne à la force des bras, que rien n'est donc donné et que les rêves sont comme les cauchemars. Ils ne sont ni aussi beaux, ni aussi moches qu'on le croit ou que l'on pense. Il n'y pas non plus de bon Dieu, ni de mauvais Dieu pour notre ami Angelo. Si, paraît-il, Dieu est le père de tous les humains, il a, comme la plupart des pères, des préférences et lui ne fait pas partie de celles là. Alors il applique la devise bien connue : « Aide toi, le ciel t'aidera ».

1948, en septembre pour être précis. Il s'engage juste après que le gros des touristes lui ait rapporté son plein de sentiments venus d'ailleurs, des belles touristes du nord. Il part donc après pour l'aventure guerrière. Ecole d'incorporation de Mimizan. La connerie des conneries pour beaucoup. Il accepte la tête rasée, les ordres cons de « bœufs » (sous officiers mariniers) souvent imbibés de mauvais restes de pinard (vinasse), les tours de garde, mousqueton sans munition. Tout ça sous prétexte d'apprendre le métier. Pas folichon. Mais pour lui, ça passe. D'autant que la bouffe est correcte. Et puis. Et puis… Sirocco.

Ce départ vers cette Algérie, pour lui qui ne le sait pas encore, c'est la poussée qui le propulsera vers son destin. Mais dans un premier temps, c'est la traversée de Marseille à Alger la blanche. Un rafiot, l'Athos II, qui ne fait que transiter en Algérie. Après avoir débarqué la future élite de la marine de combat, l'Athos II repart vers la lointaine Indochine. La mythique ! Mais pour l'heure, Angelo fonce vitesse grand « V » à Sirocco. L'école des fusiliers. La restructuration mentale et physique de l'individu. Ça décoiffe, ça secoue, ça dérange et ça trempe son homme pour la vie. Là, les vrais hommes peuvent s'exprimer. Angelo fait partie de ceux-là. Il excelle, il plane par-dessus les autres. Même les cours d'instruction générale, réduite au minimum il faut l'avouer, ne le rebute pas. Il est bien, il est dans son élément. Sa soif d'apprendre le fait s'éclater. C'est un vorace de l'instruction militaire, du manuel de guerre, un cannibale des arts martiaux et plus spécialement du close combat.

De ce temps notre Angelo termine dans les tous premiers, juste pour continuer de la même manière dans la spécialité des commandos bérets verts, noblesse militaire oblige. Il termine en beauté. Il nage dans le bonheur. Mais comme beaucoup, être ne lui suffit plus, il veut devenir. Il part naturellement en Indochine, c'est normal. Encore l'Athos II qui l'embarque à destination du cap St Jacques.

La traversée fut longue, sans réel intérêt. A l'époque, les engagés ne gagnaient rien, ou l'équivalent de quinze euros. Seuls les gradés pétaient dans la soie. C'était normal, non ? Pas de syndicat dans la marine ou l'armée, et comme disaient fièrement ces hauts messieurs : « c'est pas nous qui sommes venus vous chercher ». Alors pour les extras, Angelo tapait dans sa réserve personnelle.

Angelo est beau, ça facilite les choses. Une marinette (femme marin) est plus sensible à son charme qu'aux galons. Mauricette lui a permis de ne pas sombrer dans le désœuvrement, le début d'abrutissement de ce voyage pour bestiaux que seules les parties de cartes interminables animaient un peu. Mais pour arriver à sa « minette », que de ruses ! Parce que, vous comprenez, pas de mélange, pas d'accès aux plages supérieures du rafiot. Elles étaient réservées à l'élite de l'armée. Enfin, à celle qui décide, le nectar de la science infuse. Pour une partie, à celle qui perd les batailles en ne s'excusant pas.

Cap St Jacques, escale au centre de débarquement de cette chair à crapahuter et centre des commandos.

L'Athos II repart vers Saïgon. Le cap St Jacques, c'est aussi un beau coin d'Indochine, de repos, de loisirs pour d'autres.

Le commando d'Angelo est ok. On va voir ce que l'on va voir. Les viets sont partout avec leurs grenades sous les coussins des sièges des pousse-pousses. Les bombes commencent à éclore dans les bars de la ville. Pour les militaires des consignes, des conseils leur sont prodigués à profusion. « On ne dit rien, il y a des oreilles ennemies partout. Ne trahissez pas votre patrie en bavardages… » Chacun sait. C'est bien connu que seuls les sans grades peuvent révéler des secrets militaires et des informations stratégiques de haute importance. Les gradés, à l'époque, sont au dessus de tout soupçon. A part ça, les gars, amusez-vous, et puis buvez de la bière Larue, la bière qui tue. Tenez, par exemple, allez au parc à buffles (peut-être le plus grand bordel à ciel ouvert du monde). A l'époque, une cour, des cases autour avec couchettes. Des dizaines de filles piaillaient au milieu de cette enceinte. Les vrais hommes, ceux qui veulent connaître l'exotisme de l'amour à bas prix entrent dans l'arène. Ces dames leurs piquent leurs bérets ou leur bâchis (coiffe de marin). Pour récupérer son bien, le superman de la braguette est obligé de suivre la « voleuse » dans une case où là, après avoir reçu son ticket, ou bon à baiser, elle procure à notre homme l'extase de l'amour extrême orientale. Sa petite affaire terminée, notre héros comblé, soulagé, passe aux soins hygiéniques, badigeonnés sexuellement, encrémé et enveloppé d'un papier toilette entourant leur bâtarde. Ils ressortent du parc, ivres de bonheur, de joie, fiers d'avoir, eux les aventuriers, connu l'amour céleste.

Angelo, pour sa part, s'évite cette extase de masse. Il a sa petite Mauricette. Elle a été affectée à la caserne Francis Garnier. Mignonne en diable, elle doit se défendre contre tous ces étalons galonnés qui l'assaillent, la pistent, la coincent dans tous les recoins de la ville et de la caserne. Qu'importe, elle résiste. Un seul mâle compte à ses yeux : son Angelo. C'est son homme à elle, pour la vie. Ils se voient, ils s'aiment. Ils se baladent, oh, pas main dans la main. C'est interdit, défendu. Il faut que l'armée, la marine se respecte, que Diantre !

Et nos deux amoureux y croient, à l'armée. Alors ils respectent les ordres. Puis Angelo ne veut pas que Mauricette ait des ennuis. Donc, côte à côte, ils se baladent en variant leurs promenades, soit de l'hôtel Majestic en passant devant l'hôtel Continental, la rue Catinat et évidemment la galerie Charner. Ils s'arrêtent vers la fleuriste. Angelo, en gentleman, lui offre une orchidée, la fleur préférée de Mauricette.

Ensuite, ils continuaient par le boulevard Bonnard ou jusqu'à la pointe des blagueurs située juste en face de l'hôtel des messageries maritimes pour regarder le départ des paquebots.

Le soir, ils s'asseyent à même le gazon des pelouses pour un peu de fraîcheur à l'approche de cette nuit d'Indochine qui tombe, chargée de senteurs capiteuses. Puis ils repartent, souvent en pousse-pousse vers le Quim son, le restaurant prisé des amateurs de bonne cuisine. Juste à côté de celui-ci, une allée, au fond une cour, à droite un deux-pièces, petit pied-à-terre, que leur prête une amie de Mauricette, une sergent de l'armée vietnamienne.

Et là, dans ce petit nid, ils peuvent s'aimer.

Souvent, pendant que Mauricette se douche, mains sous la nuque, Angelo réfléchit. Il pense. Il pense beaucoup Angelo. A Mauricette d'abord, et ça, c'est la première fois qu'Angelo pense à une autre personne que lui. C'est nouveau. Il s'en rend compte mais il ne peut en expliquer la raison. Il ne sait pas encore qu'il l'aime. Des filles, il en a connu des douzaines et des douzaines, mais aucune qui n'ait ressemblé à Mauricette. De plus c'est une fille du pays, n'est-ce pas ? Elle est d'Aubagne. Alors loin de ses bases, ça rapproche. N'empêche que pour lui, il doit y avoir une autre raison pour être aussi bien avec Mauricette. Et puis merde, pourquoi réfléchir ?! Mauricette, c'est Mauricette ! Point à la ligne ! Pourtant il se rappelle ce fameux samedi, jour où revenu d'une petite opération de trois semaines, il est allé voir le capitaine de corvette, officier de permanence, pour son ordre de paiement. C'est le week-end, et ici comme ailleurs on le prend, enfin, pour une partie de l'armée. Alors pour une avance sur solde, il faut une signature. Devant le bureau du commandant, ou plutôt dessous, une jupe de femme, une jambe avec au bout un talon avec un bout de sparadrap sur du mercurochrome. La demande est signée par ce gros, cet énorme galonné en pleine jouissance qui a paraphé sans voir ce qu'il signait. Il avait salué et refermé la porte alors que la dame s'extrayait de sa position inconfortable. Puis il avait rejoint sa Mauricette dans le petit deux-pièces. Il revoit aussi le bout de sparadrap sur le talon. Il revoit aussi son départ après leur dispute. Il entend encore sa Mauricette lui jurer que ce n'était pas elle. Il n'a pas voulu la croire. Il est parti.

Mais de ce temps, Angelo a prisé le réconfort en plus d'une certaine fraîcheur, certainement aussi à n'en point douter, un point d'ancrage qui lui a permis, tout au long de sa vie, de ne pas être tombé dans le scepticisme, la noirceur lors des moments difficiles de son existence. Un regret cependant amené par le doute, cet acide qui le ronge encore aujourd'hui avec la question qu'il se pose : était-ce elle ?

Il a donc été heureux six mois, Angelo, et tout le monde n'a pas eu cette chance. Enfin, il veut faire court dans ses souvenirs, c'est vraiment du passé. Le temps de l'amour, si court soit-il, n'est-il pas une bénédiction, un don du ciel ? Un vrai, bien entendu. Angelo sent tout cela confusément. Il sait qu'il a perdu quelque chose d'important, c'est tout.

Saïgon, 1950. Les jours passent. Son commando est basé au Tonkin, il est prêt à se battre, comme les autres. Elles ont un nom ces troupes d'élites : Merlet, de Ponchardier, Tempête... Et Angelo a encore plus envie peut-être d'en découdre que d'autres. Il n'a plus rien qui le retient. Avec une chape de plomb sur le cœur il est volontaire pour toutes les missions. Ses compagnons y croient, ayant foi en ce qu'ils défendent, en ce qu'ils sont. Lui commence à ne plus savoir vraiment pourquoi il est ici.

Alors c'est Cao Bang, cimetière des héros dans les mémoires.

Pourtant l'idée de cette bataille était bonne au départ. L'opération mise sur pied par la République était pleine de bon sens. Il y avait la Chine, la frontière avec Guagxi Zhuangzu, un petit triangle : Jingxi, Guang, Hoa, Cao Bang, avec un peu plus bas, Lang Song.

Toutes ces villes reliées par la fameuse route (RC4). Mais ce fut le cauchemar. Une date : 1950. Chaque être humain a dans sa vie une ou des dates phares qui modifient en bien ou en mal son existence. Pour Angelo Luiggi Rastrelli, octobre 1950 fut celle de la révélation de ce que pouvait être l'enfer. Le tout sur fond de tragédie grecque.

Cao Bang. Six mille morts comptés et disparus ! Ce fut rapide, imprévu et dantesque ! Et pourtant aujourd'hui tout ça est effacé comme sur un tableau noir par l'institutrice et son éponge. Oublier pour répéter la même erreur. C'est presque une vérité pour la France de cette époque.

Au départ, cette opération fut appelée d'un nom à présage : orage.

Vive le colonel Charton qui a reçu l'ordre de rapatriement des populations civiles et militaires se trouvant dans cette ville ! Pour aider cette transhumance stratégique et humaine est simultanément ordonnancée l'opération « Phoque ». Elle doit être grandiose, rapide donc, secrète et puissante : aviation, artillerie et tout le reste. Sa mission : capturer rien de moins que Ho Chi Minh et son état major à

Thai Ngnen. Cette opération permettra à la France d'éviter le choc psychologique de l'évacuation civile et militaire de cette place forte de Cao Bang à ses ressortissants proches et lointains sur l'Indochine ainsi qu'à la métropole.

Tous les militaires partent presque la fleur au fusil, et tout ce beau monde civil sera transporté par des avions Junker 52. Parallèlement, de That Khé, la colonne du lieutenant colonel Lepage doit venir à la rencontre du colonel Charton avec une petite bataille en cours de route, la reprise de Dong Ke, ville située sur la RC4. Opération tiznit ! Facile s'il en est. Ensuite ? Elémentaire messieurs, jonction avec Charton au tunnel de Nha Nam. Là, prise de commandement des deux colonnes par le lieutenant colonel Lepage et repli sur That Khé.

C'était beau sur le papier. Même le général Alessandri était précis dans ses instructions à Charton. « Le succès dépendra de la rapidité du mouvement de repli sur Dong Ke. Pas de surcharge en matériel pour la troupe, tout le surplus au nécessaire sera donc détruit sur place : armement, etc… Seuls les bâtiments seront sauvegardés. »

Pauvres de nous ! Nous autres, braves français, nous ne savons pas que les viets, eux, savent. Comment ? Par qui sont-ils renseignés ? On le sait aujourd'hui. On aurait peut-être dû s'en douter à cette époque, mais « plouf », rien. Tant et si bien que nos ennemis viets attaquent la ville de Dong Ke, gagnent et coupent de ce fait le nœud gordien de l'opération qui devait nous permettre de réaliser la bonne opération. Traîtres de viets, ces fourbes ne jouent pas notre jeu et prennent nos troupes à revers. Tout s'écroule. Un mot seul convient pour décrire ce qui suit : désastre.

Pour arroser le tout, de la pluie, rendant les interventions aériennes très limitées malgré leur intrépidité. Des tonnes de courage de tous les combattants balayés dans la tourmente ne changent rien à l'issue du combat. De la boue, de la pluie, et encore des Viets. C'est le Sedan de 1870, du maréchal Mac Mahon qui revient au galop avec ses célèbres mots : « Que d'eau, que d'eau ». Ici, rajoutons en plus « que de viets ». La surprise, ils nous l'ont faite. Ils sont partout, dans les arbres, incrustés dans la terre, les fossés, les rochers, l'air que l'on respire.

Résultat : opération Tiznit, les ordres sont les ordres, et la reprise de Dong Ke par Lepage. Les hommes équipés de leurs armements et deux jours de vivres ! C'est le début des ordres et des contre-ordres. Manque de communication. L'aviation de chasse signale à Lepage le nombre considérable de Viets dans les parages.

Nous sommes le 1er octobre. Le 2 octobre, c'est le contre-ordre de l'EM de Langson. Annulation de l'attaque de Dong Ke, et récupération des troupes de Charton qui seront évacuées le lendemain à minuit. Echec de l'opération Tiznit, et opération de sauvetage de Cao Bang, opération appelée Thérèse (fête du jour).

Le colonel Le Page ne rejoindra pas Charton. Naufragé lui aussi. En perdition, sa colonne se battra héroïquement, avec un courage digne d'éloge. Mais contre la force, pas de résistance !

Que c'est-il donc passé pour que cela arrive ? D'abord des fuites à haut niveau à Paris, et peut-être à Saïgon. Ensuite, et c'est important, une mésentente entre les deux colonels, et surtout une connerie sans borne. La suffisance ? A n'en pas douter ! En analysant l'histoire, les responsables veulent dégager les troupes prises dans le piège des viets. Ce traquenard non imaginé par nos pontes de Paris ! Le tout en secret (de polichinelle), des chinois et des viets ! Et oui ! Des milliers d'hommes sacrifiés à une opération mal menée ! Garçons massacrés au nom de la bêtise, pris en tenailles par le nombre et tués par des armes sophistiquées, chinoises et autres. Eux, ces viets que l'on croyait armés de sarbacanes, de tromblons et autres lances. Nous sommes là encore surpris devant leurs engins derniers modèles. Pauvres français, on aurait pu les croire armés de mousquetons tant leurs armes sont dépassées, PM38 ou mitraillettes Sten d'une autre guerre. Pauvre armée coloniale et amis de la France venus d'Afrique du nord, d'Afrique noire, d'Asie et du monde. Déboussolés, sonnés, embourbés nos tabors marocains, nos goums, nos légionnaires, nos paras, nos commandos, notre infanterie de marine, ayant cru jusqu'à la dernière heure qu'ils allaient vaincre, que le septième de cavalerie, comme dans les westerns, allait arriver. Hélas, pourchassés dans les ravines, égorgés comme des moutons, ils attendaient un miracle qui ne vint jamais. Car les deux colonnes ne se rejoindront pas. Le massacre a duré des journées entières dans ce terrain visqueux. Ils sont morts, répétons le, pour quoi ? Pour rien ? Si, les yeux dessillés des survivants ont fait d'eux les champions des indépendantistes d'Afrique et d'ailleurs, des affranchis de la France.

Dire qu'en métropole les rapatriés d'Indochine étaient insultés par une partie de la population. Pauvres militaires, obligés d'obéir, ne sachant pas pourquoi ils étaient là-bas, pourquoi ils y mouraient. Pauvres accusateurs, des faibles qui ne doivent pas être fiers de leur attitude.

Marseille. Charles René sourit sur son lit. Une infirmière vient de lui apporter son médicament, le laissant sur la tablette près du lit. Elle ressort en lui recommandant de le prendre rapidement. Mais il n'a rien entendu, notre ami, ni son entrée, ni sa sortie de la chambre. Il est loin, Charles René. Il est avec ses compagnons d'armes, ses copains. Il sourit tristement en murmurant.

« Ah, les cons. Si encore cette hécatombe avait servi à quelque chose, hein ? Mais non ! Même topo, même connerie pour Dien Bien Fu. »

Son cauchemar continue pendant cinq ans. Il se revoit dans ce merdier, lui qui s'était trouvé là-bas presque par hasard. Une simple opération, et encore pas tout son commando. Tout ça pour chasser son cafard et sa connerie vis-à-vis de Mauricette.

Il entend encore les goumiers de ce capitaine Faugas chantant, en essayant de créer une brèche dans l'étau des viets, la fatiba, ce chant des morts. Brèche aboutissant pour lui se trouvant là, dans cette pagaie on ne sait comment, devant une falaise de près de cinquante mètres ! Mitraillé par l'ennemi, n'ayant comme chance de survie que celle d'essayer de descendre en s'agrippant aux lianes humides gluantes, se cassant sous le poids des hommes, les entraînant dans la mort des dizaines de mètres plus bas.

Enfin, la cerise sur le gâteau : la jonction des deux compagnies, le sept octobre, superbe pour les viets qui les anéantissent pratiquement en totalité.

Et lui ? Il est en bas de la falaise. Il se débat avec énergie dans cette pagaille, essayant avec deux copains d'infortune rencontrés dans une ravine de se sortir de ce sauve-qui-peut général. Tout autour d'eux : une boucherie. Ils se glissent tous les trois entre les mailles du filet sino-viet. Isolés mais vivants, se battant encore contre la fatigue, la vermine, la soif et la faim. Sans compter des voltigeurs viets qui rôdent et qui leur veulent du mal.

Ils l'ont vu de très près cet ennemi. Ne faisant pas beaucoup de prisonniers. Rien d'ailleurs à espérer des viets d'une rédition qu'ils ne veulent pas. La nourriture est si chère et eux en ont si peu, alors pas de bouches inutiles, c'est normal. Cao Bang. Charles René en fait des cauchemars depuis des années. Pensez donc, libre mais quatre mois à errer dans cette région pourrie. Ils deviennent tous les trois à moitié sauvages. Jusqu'au 12 février 51. Là, il connaît la date par cœur parce que… Mais restons là.

Ce 12 février, Li An Dong faisant office d'éclaireur de pointe pour la journée, revient vers ces deux compagnons. Il a le sourire.

— C'est tout bon, les gars. Nous sommes à côté de Lai Chau, au village de Lo Ban.

Khai Dinh leva les yeux sur son compatriote.

— Quel changement pour nous ?

— C'est le village de mon frère.

— Et alors ?

— On peut compter sur lui. Il était lieutenant avec le général de Lattre en Europe. Son village est français, comme lui.

— Ah bon ! Mais est-il encore vivant ?

Devant tant de pessimisme gratuit, Angelo intervient.

— Te fâche pas, Li, mais Khai a peut-être raison dans sa méfiance, après le coup de Cao. On devrait pousser une pointe discrète avant de débarquer dans ton village la fleur au fusil. Nous avons payé pour être prudents aujourd'hui, tu ne trouves pas ?

Li les regarda, hocha la tête. En d'autres temps il aurait gueulé, pas là. Cao était en travers de sa gorge aussi.

— Ouais, vous avez raison. Je continue en douceur, vous suivez en couverture. Ok ?

Il se revoit, Charles René, avançant avec son pote Khaï, à moitié courant, à moitié rampant vers Li, allongé derrière un terre-plein. Li ne bougeait plus.

— Alors, qu'est-ce que tu fous ?

Li ne bouge toujours pas. Il tend la paire de jumelles piquée sur un officier mort vers Cao. Il s'adresse à Angelo.

— Regarde. Le village semble abandonné, au trois-quart détruit.

Kai et Angelo regardent à leur tour. Khai hoche la tête.

— Il faut voir. Qu'en penses-tu, Angelo ?

— Allons-y en ligne. Gauche, droite et centre. Distance vingt mètres, ok ?

Plus ils avancent vers le village, plus le vent amène avec force de la puanteur. Ils se glissent vers le centre du village. Là, une vingtaine de cadavres de vieilles femmes, d'enfants et de vieillards sont étendus à moitié calcinés au pied d'un pieu piqué dans le sol et transformé en croix. Sur celle-ci, un cadavre en tenue d'officier de la colo, un lieutenant est là cloué, mort, à moitié bouffé par les vers. Sur sa poitrine enflée et grouillante de vers, un coq égorgé se balance sur des décorations comme une vengeance. Le coq, symbole d'une France., le coq gaulois.

Li enlève les lambeaux d'un drapeau tricolore enfoncé dans la bouche de son frère et commence à le descendre à terre en couchant le pieu. Angelo et Khai l'aide. Li, le visage sec de larmes, une fois le pieu et son frère étendus sur le sol, se dirige vers une baraque montée sur pilotis, restée debout par miracle. Il disparaît pour reparaître avec une pelle et une pioche.

Khai prend la pelle et aide Li à enterrer son frère et à l'envelopper dans les lambeaux de son drapeau.

Angelo surveille les environs. Les sens aux aguets, il perçoit de légers craquements. Silencieusement, il revient vers ses compagnons et leur explique la situation.

Tous les trois se dirigent vers un petit monticule dominant le village. Ils se sentent coincés. De tout côté, des hommes et des femmes sortent, armés de faux et de fourches.

Li reconnaît la femme de son frère et son père. Il les appelle et s'approche d'eux. Angelo se détend un peu. Ce ne sont manifestement pas des ennemis pour l'instant. Ce doit être les habitants du village. Pourtant, à la réflexion, il se dit qu'ils sont beaucoup pour un si petit village. Peut-être les habitants de plusieurs villages. Li, son père et sa sœur discutent tout haut.

— On ne te reconnaissait pas. D'où viens-tu, Li ? De Cao ?

Li hoche la tête.

— Oui, et vous ?

Les autres sont toujours immobiles autour d'eux. Le père de Li raconte.

— Après la défaite de Cao Bang où, paraît-il six mille français sont morts. Les viets et les conseillers chinois ont déferlé partout dans la région, tuant tous ceux qui étaient français ou pro-français, colons ou légionnaires, voire simples sympathisants de la France, tuant ses derniers, violant leur compagnes et leurs filles, tuant les enfants et les vieillards. C'était une boucherie

— Mais les autres femmes et les filles, où sont-elles ?

— Emmenées avec eux, ainsi que les jeunes gens. On ne sait où. Ton frère, Li, a été torturé pour l'exemple. Heureusement, sa fille et sa femme étaient au village d'à côté, Lai Chau, où j'habite, tu sais ?

— Mais comment toi et Mina ?

— Phan Long, ici présent, s'est sauvé avec d'autres habitants sur les conseils de ton frère et nous a prévenus. Nous avons donc abandonné le village. Lui a préféré rester l'arme au poing.

— Et alors ?

— Nous avons bien fait. Le vietminh est arrivé et a tout brûlé. Les soldats semblaient en colère de ne pas nous avoir trouvés.

— Qu'allez-vous faire ?

— Réfléchir, mais vous ?

— Nous ne savons pas quoi faire.

— Retournez-vous tout de suite dans vos unités ? C'est dangereux.

Angelo s'est tourné vers Li.

— Réfléchissons aussi, Li. Ils doivent être partout, les viets.

— Oui. Enterrons d'abords nos morts, et voyons après.

Ils repartirent ensemble dans la jungle avec les réfugiés. En semi-sécurité car depuis si longtemps sur le qui-vive. Ils peuvent enfin dormir.

Quinze heures plus tard, après avoir pris le thé, des fruits et des gâteaux, ils s'assirent près du père de Li pour discuter. Celui-ci parla.

— Tu es sergent, Li. Tu dois rejoindre ton unité. Toi aussi, caporal Khai.

Ils s'adressent à eux trois, sentencieusement.

— Et toi également.

Du doigt il désigne Angelo.

— Vos places sont dans vos unités, avec vos chefs.

Angelo regarde tous ces gens en insécurité.

— Croyez-vous être en sécurité. Ils vont revenir.

— C'est probable. D'autant que Ly Thai, le frère de Li, avait un vieil émetteur et que Hung Vuong, le commandant de l'unité viet qui est venue, est persuadé que ton lieutenant de frère a prévenu les français et que ceux-ci vont venir le récupérer.

— Qui peut croire ça ?

— C'est Nguyen Tong, le seul rescapé du village qui l'a entendu de ses propres oreilles.

— Ah. Et comment faites-vous pour vivre.

— Nous habitons dans la montagne, chassons, pêchons et revenons dans les villages récupérer des objets nécessaires. C'est ce que nous venions faire ici lorsque l'on vous a surpris.

Ils parlaient depuis un moment lorsque Angelo eut une idée, comme ça, une de ces inspirations qui vous change la vie.

— Si nous nous organisions nous-mêmes en auto-défense ?

— Mais nos unités ?

— Par où les rejoindre ? Tout, pour l'instant, est quadrillé sur le secteur par les unités vietminh. Comment passer vivants entre leurs lignes ? Attendons trois ou quatre mois par ici, le temps que le calme revienne un peu.

— Nous avons eu beaucoup de chance d'arriver jusqu'ici. Alors, qu'en pensez-vous ?

— Nous serons portés déserteurs.

— Pourquoi ? L'état-major nous portera disparus.

— Mais nos noms sont connus, et de ne pas être revenus où avoir au moins tenté de rejoindre notre corps nous désignera bien comme déserteurs dès que nous apparaîtrons. Nous serons forcément reconnus par des copains tôt ou tard.

Les palabres durèrent pour finalement cesser et voir adopter le plan d'Angelo. Il avait vu plus loin que le présent. La frontière du Laos était proche de la Birmanie. Alors ?

Alors les noms, ça se changent, surtout avec la pléthore de noms sans propriétaires pour cause de disparition de leur porteur.

Ce jour là il brumait. C'était normal en cette saison. La rivière rouge exhalait son humidité. Angelo prit le nom d'un colon, fils d'émigré italien mort assassiné avec toute sa famille tonkinoise. Charles, dit Charly René Travaillini était ressuscité. Li devint Hiep Phuc, ressortissant laotien égorgé en décembre 1950. Khai, lui, est depuis le mois de février Minh Thai, simple tonkinois du nord dont tout le monde se foutait, surtout l'armée française.

Nos trois compagnons formèrent une bande d'irréguliers comme il en existait, écumant la région avec une fureur digne d'entrée dans la légende des bandits les plus célèbres. Couvrant un territoire allant du nord du Tonkin, longeant le Yu Nan, et l'est du Laos.

Véritables démons, ce corps franc formé de déserteurs, de volontaires, foulard rouge sur la tête, ils s'abattaient sur les arrières des viets et leurs groupes isolés avec une rage qui épouvantait leurs anciens exterminateurs.

Tout ça sous couvert des drapeaux vietnamiens et français conjugués. Les états-majors s'en accommodaient fort bien. Disons qu'ils les méprisaient mais acceptaient du bout des lèvres ses alliés encombrants mais combien efficaces. Ils étaient même gradés. Lui devient le commandant Travaillini. Excellent dans ses interventions, le commandant Minh Thai dans son service de renseignements n'avait pas son égal et le commandant Hiep Phoc dans l'intendance. Tout était ordonné dans le trio. Même la chirurgie esthétique des visages de nos amis avait été programmée par Hiep Phuc, un surdoué du détail. Service sanitaire impeccable, avec chirurgiens, infirmiers et infirmières, enlevés évidemment mais très efficaces, nos irréguliers faisaient feux de tous bois. Rapt divers, de tous bords et de toutes nationalités mais tous sympathisants chinois ou vietminh, allant du médecin au pâtissier, de la sténo au cuisinier. Nombreux sont les militaires en fonction dans cette région qui se souviennent de ces irréguliers. Les camps volants de nos trois amis se déplaçaient à la vitesse du vent, frappant là où on ne les attendait pas.

Hiep Phuc était le génie de l'organisation des frontières du Yunan à celles du Laos en passant par le Tonkin. La bande des trois devint redoutée, pire encore. Charly, Hie Minh eurent leur tête mise à prix par les chinois, fait rarissime. La légende se répandait de bouche à oreille tandis que le fleuve rouge charriait non de l'eau mais du sang après leur passage, et que la région de la rivière noire dessinait par ses contours un serpent de mort tant les viets tombaient sous leurs coups. Pour un œil, les deux yeux, pour une dent, la mâchoire, pour une vie, vingt vies. Charly et ses amis faisaient payer le prix fort de Cao Bang. L'état-major français fermait les yeux car que faire ? Même si parfois des fonds de l'armée disparaissaient en fumée, attaqués par nos trois personnages. Il fallait bien vivre et prendre l'argent là où il était. Les critiques s'élevaient de la gauche politique de plus en plus ouvertement sur l'appui supposé de Paris à ses alliés encombrants. Sans résultat, car comme disait ce fameux général dont nous tairons le nom : « autant les avoir avec nous que contre nous ».

Et puis… Et puis il a bien fallu agir, calmer les amis des viets et des chinois tant à Paris qu'ailleurs. Alors on a pactisé avec eux côté Paris, côté chinois, côté viet. Du jour au lendemain, personne ne vit plus le corps franc du nord se répandre comme la peste sur les frontières chinoises. Les irréguliers de Charly disparurent. C'est en fin 53 que Charly, Minh et Hiep se séparèrent. Pas d'adresse entre eux. Ils se partagèrent le trésor de guerre puis s'étreignirent en signe d'adieu. Certains disent, mais ce ne sont que des on-dit, que nos amis Minh et Hiep s'occupèrent de renseignements pour les américains avant, pendant et après leur départ sur une grande partie de l'extrême orient.

Nous sommes en 1953, en octobre. La fin d'année s'approche donc à grand pas. Le commandant Charles René Travaillini doit regagner la métropole en dakota pour la discrétion ! Mais lui a préféré revenir par le Pasteur, noblesse oblige pour ce commandant d'une espèce particulière. Un de ces chefs d'irréguliers que l'on tolère mais que l'on n'aime pas, que l'on décore, admet mais méprise aussi. Il faut comprendre qu'ils ne puissent être aimés par un état-major qui ne se sent plus maître d'eux, ces officiers nommés sur le tas et non issus des écoles, bandes de sauvages sans foi ni loi, une espèce d'assimilés en somme. Efficaces mais encombrants. De tout cela, Charles René s'en tamponne le coquillard, comme il dit. Il veut sa revanche, revenir par la grande porte, vivre avec ceux qui décident pour les autres. Que lui aussi méprise autant qu'eux le méprisent. Nommé commandant, résultats obligent. Ça fait mal à ceux qui se considèrent comme les détenteurs des grades. Seuls les vrais combattants admettent le courage et la valeur. Pour le commandant Charles René, même cabine, même repas qu'eux, servi à table et non dans une gamelle. Femmes accortes, spectacles, cinémas, colloques, bridges et bars. Et puis Charles René sait plaire aux dames, il veut en profiter. Ces dames que ce qu'il représente effraie mais fascine. Charly est athlétique, taillé dans un roc. Allure de fauve au regard dur, celui d'hommes qu'elles ne fréquentent pas souvent, qui les encanaillent. Cette petite cicatrice sur la joue gauche lui donne un air sauvage et secret les faisant frissonner. Elles critiquent mais se donnent.

Aujourd'hui, c'est samedi. Il s'est rendu à une conférence donnée par la Croix-Rouge. Beaucoup de femmes de gradés, des femmes sous-officiers et les autres. Certaines sont au bras de messieurs en civil et en militaire, mariées ou en passe de le devenir.

Charles René regarde cet aréopage se pavanant. S'il n'est pas aimé par ces messieurs, il n'est pas non plus rejeté. Comme ces « messieurs » le disent en parlant de lui et de ses pareils: « ils ne sont pas normaux, ces gens hors cadre ». Des fous, alors mieux vaut ne pas se fâcher avec eux au risque de les voir exploser.

Depuis une demi-heure, Charles René écoute pérorer tout ce beau monde. Il s'ennuie. Il va quitter la salle lorsqu'il remarque une enseigne de vaisseau. Jolie, bien faite. Il se rassied en souriant.

C'est Mauricette. Le passé resurgit, le destin. Son cœur éteint depuis longtemps bat de nouveau la chamade. Enfin, bat un peu plus vite. Oh, juste un peu plus. Elle se retourne, comme attirée par ce regard, et le sien s'attarde sur lui quelques instants. Il semble à Charles qu'elle hoche la tête imperceptiblement. Puis elle se tourne à nouveau vers les conférenciers. Hautaine, comme détachée. Près d'elle un capitaine de vaisseau, cinq galons or tous neufs sur les manches le bardent. Charles René regarde cette silhouette qu'il a tant aimée. Elle ne l'a pas reconnu. Pas étonnant, lui-même ne se reconnaît plus.

Le cinq galons se retourne, regarde l'assistance, salue discrètement des connaissances. Un peu replet, la cinquantaine, légèrement chauve. « Enfin quoi, bon pour entretenir une femme et sans doute la supporter le reste de sa vie ! Supporter une femme qui manifestement ne vous aime pas et qui vous a épousé ou ne vit avec vous que pour se caser. Mauricette, tu le mérites bien ton havre de paix après 5 ans d'Indochine et sans doute de nombreux assauts repoussés ou non de la part de mâles en rut. Pas toujours facile à supporter tout ça ! C'est donc normal, tu le mérites ton repos de guerrière. »

Charles René est content pour elle. C'est gratuit et sincère.

Le soir tombe vite. Accoudé au bastingage sur le pont supérieur, pas loin du restaurant, il laisse ses projets l'envahirent.

Marseille. Sa cannebière, son quartier de Panier, sa nouvelle vie qui l'attend. Il revient comme il est parti : seul. Mais avec quelques années de plus qui comptent triple. Des beaux souvenirs ? Très peu. Des expériences de chiens de guerre. Parti pauvre, il revient riche, de l'or plein les banques. C'est beaucoup, mais c'est tout.

L'amour, c'est fini. Il l'a connu. Charles René le sait aujourd'hui. Plus de six mois. Il recommence à rêver, Charles René. Cet amour formidable, c'était il y a si longtemps, dans une autre vie. Il se raidit. Il sent une présence près de lui, derrière lui. Elle se rapproche. C'est Mauricette. Une voix, cette voix qu'il reconnaîtrait entre mille.

— Commandant Travaillini, n'est-ce pas ? Je vous dérange peut-être.

Il se retourne lentement. Impassible, il la regarde. Toujours aussi belle et désirable. Le ciel a dû prêter deux de ses étoiles pour briller dans ses yeux. Elle est habillée en civil, un carré de soie lui recouvre les épaules et sur le revers de sa robe, une orchidée est épinglée. Il se maîtrise avec un effort surhumain.

— Madame, que puis-je pour vous ?

— Vous me rappelez un ami d'Aubagne. Enfin, proche de Marseille plus exactement.

— Est-ce possible, Madame ? Dans ce cas, souffrez que je le remplace. Ce sera un honneur doublé d'un plaisir, car hélas, je ne suis qu'un natif de Hanoi.

Charles René sait que sa voix même n'a plus les mêmes intonations. Elle s'est cassée, durcie.

— J'espère que vous le reverrez si vous tenez réellement à le revoir.

— Hélas, il est mort.

— Ah ! Et où cela ?

— A Cao Bang. Mais vous devez connaître ?

— Oui. Beaucoup des nôtres sont tombés dans ce piège.

— Hélas. J'en suis navrée, soyez-en persuadé.

La clarté des lumières du restaurant inondait le visage de Mauricette. Charles René voit des perles d'argent couler de ses yeux qu'elle essuie furtivement de la main gauche. A un doigt, le doigt peut-être le plus important pour lui, brille une alliance à demicachée par une bague surmontée d'un brillant au moins aussi gros qu'un grain de gros sel. Une larme s'échappe de l'œil de Mauricette et vient s'écraser sur son chemisier. Ils sont tout proches. Il la voit fermer les yeux quelques instants, juste le temps pour lui de se retenir de la prendre dans ses bras.

Quelques secondes, où le temps semble s'arrêter, s'écoulent. Elle ouvre à nouveau les yeux et rit. Un rire factice, trop fort pour être vrai.

— Tout cela est du passé. Qui de nous n'a pas un parent que l'on a aimé et qui a disparu vous laissant désespéré.

Elle frissonne.

Charles René lui entoure les épaules de sa veste en lui murmurant.

— Tous, ma chère, tous.

Elle se laisse aller. Il voudrait l'entraîner dans sa cabine, lui dire des mots, ceux qu'il retient depuis des années. Il a choisi une vie, il ne peut plus le faire dans le présent, celui qui exclut le passé, pour générer le futur. Elle se retire, il ne la retient pas.

Charles René reste seul à regarder l'océan.

Un capitaine de la légion appuyé un peu plus loin au bastingage lui adresse la parole.

— Alors, commandant, vous respirez l'air iodé de l'océan ?

— On peut dire cela.

— Lorsque celui-ci s'accompagne du parfum d'une aussi jolie femme que celle de Sourissot, c'est le top. Sacrée jolie femme.

— Ah, vous la connaissez ?

— Un peu. Enfin, bien. Sourissot a fait une bonne affaire, c'est une femme de tête et de corps, sachant très bien ce qu'elle veut. En l'occurrence, ce cher commandant.

— C'est le propre de nombreuses femmes, capitaine.

— Sans doute, sans doute. C'est la vie, n'est-ce pas ? Dans le cas présent, tous les deux sont gagnants.

— Vous avez l'air de les envier, capitaine.

— Oui et non. Je suis légionnaire jusqu'au tréfonds de moi, commandant, et je suis à elle et marié de ce fait à ma liberté. Et vous ?

— Oh, moi, carpe diem. Je vis chaque jour comme il vient, avec intensité.

— Très bonne philosophie. Comme moi devant Stalingrad, notre Cao Bang à nous, les anciens de la Wermacht.

— Toute expérience est formatrice, capitaine. C'est presque une lapalissade, mais la guerre est sans conteste un enrichissement.

Positif ou négatif, il y a toujours des profiteurs de conflit et des victimes.

— Si nous entrions prendre un cognac ? Nous pourrons philosopher plus avant. J'aime discuter avec les vrais combattants. Qu'en pensez-vous ?

Charles René regarde ce capitaine, ce baroudeur désenchanté dont la seule vraie maîtresse est la légion.

Il éclate de rire.

— La réunion des anciens combattants avant l'heure !

Il lui tend la main.

— Charles René Travaillini.

— Gunther Hans Becker.

Une camaraderie vient de naître, une association commence à germer.

Deux heures du matin. Charles René est dans sa cabine. Il pense à Mauricette. Il revoit ces petites perles de rosée coulant sur ses joues et son chemisier. Il écoute Gunther Hans parlant d'elle en buvant son Cognac au bar. Il la décrit comme une combattante, infatigable récupératrice des rescapés de Cao Bang. Gunther l'admire pour son courage.

Comme dit Gunther, elle ne les a pas volées ou gagnées dans un lit ses médailles. Il l'a vue comme les autres infirmières de That Khé rejoindre à Hauet le groupement de la Baume en remontant toute la colonne le long de la RC4, soignant et encourageant les blessés.

Ces petits diamants qui tombaient des yeux de Mauricette semblaient maintenant, pour Charles René, des bulles d'amour. C'était son moi profond qui s'échappait de la cuirasse qu'elle s'était forgée. Lui souffrait mais ne pouvait plus revenir en arrière. Comme Alexandre le grand, il avait brûlé ses bateaux pour ne pas être tenté de retourner vers le passé. Angelo était mort trois fois. A Saigon lorsqu'il l'avait quittée sur un doute, à Cao Bang en changeant d'identité et ce soir en renonçant à l'amour.

Le temps, paraît-il, efface les mauvaises choses de la vie pour ne garder que le bon. Lui, Charles René, ne pouvait oublier ce sparadrap de merde qui avait changé sa vie.

Un grattement à sa porte de cabine, Charles René, dans une demi-obscurité, ouvre. Mauricette est là, devant lui.

— Commandant, pour un regret, pour un souvenir, faites-moi l'amour, vite et fort.

Et ça tourne, tourne dans la tête de Charles René. Le vire vire n'en finit pas de tourner. Si loin, très loin il entend comme une musique douce, douce comme la peau de Mauricette, comme la peau de son unique amour. Toute la fureur d'un déchirement, d'une séparation, s'exprime dans leur étreinte presque bestiale, presque divine.

Puis après, puisque forcément il y a toujours un après, allongé, seul sur sa couchette encore imprégnée du parfum de Mauricette, Charles René rêve. Un moment éveillé, tenant à la main l'orchidée tombée de la robe de Mauricette.

Marseille, janvier 1954.

Avec l'argent amassé et placé durant sa guerre, Charles René est riche. Il crée sa société de Provence Côte d'azur. Il a un bureau à Marseille d'où il peut contempler le vieux port. Il sait que la présentation compte. Il a fait dans le beau. Du néon, sièges en cuir, publicité, promotion à l'américaine. Notre P-DG a de l'ambition, du flair aussi. Il construit à Cassis, Bandol, Carry le rouet, Saint Raphaël. C'est là que l'avenir va se jouer. Pas à Marseille même, ou alors vers le Prado. Ce qu'il fait mais à petite dose, c'est du grandiose. Il pressent déjà que l'argent va envahir Marseille avec la guerre d'Algérie qui, pour lui, va dégénérer. Les erreurs du gouvernement avec notre département et ses élus locaux vont s'intensifier. Cette guerre, comme les autres, sera perdue. On ne gagne pas une guerre larvée. De l'autre côté, il y a du beau monde aussi. Ses anciens de la colo, de la légion, de la marine, des paras. Tous ces déçus de Cao Bang, de Dien Bien Phu sont là et bien là.

Mais qui dit guerre, dit profit. Marseille va être submergée de militaires. Charles René a un côté social, sans le savoir. Il rase des morceaux de quartiers insalubres pour faire du Le Corbusier. Il achète tout ce qui peut s'acquérir. Construire, acheter à bas prix, éviter de revendre pour l'instant, attendre trois ou quatre ans, cinq au plus. Les prix vont flamber. Louer à temps, ne pas faire de sentiment. Sa seule morale : éviter de spolier les démunis et de détruire la beauté de la Côte d'azur.

L'écologie, il ne connaît pas, mais comme tous les gens comme lui qui ont vécu dans la désolation des guerres, la beauté d'un paysage, l'environnement dans lequel on vit sont à préserver.

Pour le reste, c'est la guerre, par tous les moyens : corruption, chantage, menaces physiques ou morales. Il transfert son siège à Monte Carlo, mais dirige de Marseille. Impôts obligent, n'est-ce pas ?

1962. Charles René Travaillini est devenu redoutable et puissant de Marseille à Monaco. Le magot important ramené d'Indochine qui lui a permis de se lancer en force s'est multiplié. Sa vision des affaires et des hommes a fait le reste. Depuis peu, son copain Gunther Hans Becker l'a rejoint. Aussi dur que lui, prenant son job de directeur commercial avec autant de rigueur et d'ardeur qu'il en avait dans la légion. En un mot : le commandant Gunther Hans Becker se passionne pour son boulot. Il se lance dans la bataille de l'immobilier pour essayer de cacher l'amertume de sa mise à l'écart de l'armée.

Le putsch des généraux d'Alger, il y croyait, Gunther. Il la voulait cette Algérie française. Il avait cru au général De Gaule. Le « Je vous ai compris » résonnait encore dans ses oreilles. Seulement voilà, il avait mal compris. Jeté comme un malpropre en fin de carrière. C'est cher payé une naïveté, et pour le moral, trois défaites et un coup de pied dans le cul pour finir, dans une existence, ça fait beaucoup. Trois retraites, ça vous pèse sur les épaules. Moscou, l'Indochine et l'Algérie. C'est énorme pour un militaire, pour un soldat.

Alors aujourd'hui, Mr Becker fait la guerre sans quartier. Il oublie de cette façon l'Algérie, l'OAS, ceux qui l'ont trahi. Pour toute sa vie ratée, il lui faut maintenant réussir un coup d'éclat avant de partir. Son baroud d'honneur en somme. Pour lui, pour son ami Charles René aussi, avec lequel il est sur la même longueur d'onde. Entre fauves, on se comprend.

Les années passent. Elles passent vite. C'est comme une course de formule un avec ses bolides pétaradants. On ne fait que les entrevoir sur un circuit, ils passent si vite.

1996. La sainte Provence, Côte d'Azur. La Générale Immobilière de Provence et Côte d'Azur écrase le marché de toute la côte. Charles René est au sommet de la réussite sociale. Les plus belles femmes de Marseille, de Monaco et d'ailleurs se disputent sa couche presque royale. Tantôt sur son yacht, tantôt dans son cabanon de Cassis. Jamais dans son appartement de Monte-Carlo ou sa villa de Roucas à Marseille. Là, il reste fidèle à ses principes de base qu'il s'est fixé : seule une femme légitime peut dormir sous le toit familial.

Pour le reste, Mr Charles René Travaillini reste en conformité absolue avec la morale élastique de son enfance.

Il vit seul, n'ayant plus envie de rien. Mortes les personnes qui lui étaient proches. Mort son unique ami, Gunther, parti rejoindre ses copains tombés sur tous les champs de batailles du monde. Il est parti digne, toujours fier, en lui serrant très fort la main. Mort le maire de Marseille. Il ne lui reste que des tombes pour se rattacher. Pas de photos personnelles, sinon des photos de presse. Il l'a voulu ainsi. Le désert. Oh, avec les années qui ont passé, il aurait peut-être aimé avoir un enfant. L'idée l'avait même effleuré un moment, juste effleuré. Mais pour cela il lui aurait fallu une mère, une mère que le père aurait aimée, et l'on ne peut vraiment qu'une seule fois, après, on aime bien.

Non, Charles René est resté seul avec son empire, obligé de ruser toujours et pour tout. Enterré son ami Gunther près de la tombe de ses parents afin de pouvoir se recueillir sur leurs tombes sans éveiller les soupçons de ces paparazzis qui le poursuivent sans relâche, à la recherche d'un scoop, d'une photo qui les propulserait en haut de leur hiérarchie.

Ainsi les jours défilent comme les militaires pour le revue du 14 juillet. Seulement il n'y avait plus de bal le soir, ni les cris de la foule des dames pour applaudir lors du passage des beaux militaires. Voilà, c'était tout. Charles Travaillini avait froid, toujours froid.

2003. Septembre. Innauguration d'un immeuble avenue du Prado. Traditionnel bouquet de fleurs, cordon à couper, discours, photographes, télé locale, apéritif d'honneur. Les journalistes se pressent vers l'empereur du béton.

— Mr Travaillini, s'il vous plaît, Mauricette Crémieu, de FR3.

Charles René se retourne, regarde la reporter, grande, sèche, un grand nez. Seules ses lunettes l'avantagent un peu, un opticien de classe. Sans doute les Altroff.

Il regarde ce grand échalas.

— Oui, Mademoiselle.

— Il se dit que vous envisagez de construire dans les quartiers nord de la ville une maison d'accueil pour les déshérités et les immigrés. Est-ce vrai, Mr Travaillini ? Et dans l'affirmative, dans quel laps de temps sera-t-elle inaugurée ?

— On est bien informé, Mlle Crémieu. En effet, ce projet est déjà sur le plan. Mais sachez qu'il y en aura deux simultanément qui vont voir le jour. Un dans le quartier nord, comme vous l'avez dit, et un vers le centre, dans le quartier du Panier. La date se situerait dans 5 à 6 mois pour le début des constructions.

— Mr Travaillini, encore une question. Plus personnelle : vous êtes peut-être l'homme le plus riche de la côte, vous avez tout. Qu'aimeriez-vous ou qu'avez-vous aimé le plus dans votre vie ?

Mr le président sourit, haussa les épaules sans répondre à cette question stupide et mal venue dans le contexte.

Il pénètre dans la partie où se trouvent les notables de la ville, légèrement en retrait du buffet principal où se massent déjà les invités.

Le président Travaillini boit une coupe de Champagne en portant un toast.

— A Marseille. Puisse notre ville rayonner aussi longtemps que le monde.

Il reposa la coupe sans la finir, discute un moment puis se retire avec sa secrétaire monte dans sa Rolls. Il fait un détour par la rue de Rome, s'arrête chez son opticien de toujours : Altroff. Il se rappelait ses premières lunettes de soleil, des Solamor, la marque à la mode des années quarante-cinq/cinquante, juste avant de partir en Indochine. C'était en quarante-huit. C'était le père René Altroff à l'époque qui les lui avait vendues, rue Rouviere, dans un magasin beaucoup plus petit que celui-là, rue de Rome, moins moderne. Quarante ans bientôt. Aujourd'hui, Mr René Altroff lui aussi est parti, rappelé là-haut. Peut-être le Bon Dieu avait-il besoin d'un bon opticien. Peut-être qu'il avait besoin de lunettes, de bonnes lunettes. Il se faisait vieux et aveugle, alors ?!

Il descendit de la Rolls, entra dans le magasin. Il fut accueilli par les enfants

Altroff, le fils Marc et sa sœur Denise qui viennent à lui, surpris mais souriants, comme à leur habitude.

— Que nous vaut le plaisir de vous voir, Mr Travaillini ?

— Vous êtes bien audioprothésiste ?

— Oui, bien sûr. Notre sœur Gisèle est une spécialiste. Elle est justement là. Désirez-vous la voir ?

— Et bien oui, s'il vous plaît.

Denise resta avec lui, gracieuse.

— Vos dernières lunettes vous ont-elles satisfait ? La légèreté vous convient-elle mieux ?

— Oui, très bien, merci.

Gisèle Altroff se présenta.

— J'ai, semble-t-il, quelques petits problèmes auditifs. Quand pouvez-vous me recevoir, ou venir à la villa si vous êtes occupé ?

— Veuillez entrer, s'il vous plaît.

Juin 2004. Assis dans son fauteuil dominant Monte-Carlo, Charles René relit le document qu'il avait rédigé. On pouvait lire : « Veuillez me transmettre tout renseignement sur Mme Sourissot, née Mauricette Gaëtane

Cavallo à Aubagne le 27 février 1927, entrée dans la marine en 1948, à Toulon. »

Charles René sonna.

— Mr le président ?

— Mme Raphet, occupez-vous de cela personnellement et le plus rapidement possible. Traitez cependant cette affaire avec discrétion.

— Très bien, Monsieur. Il semble que ce soit urgent.

— Prioritaire, Mme Raphet. Avez-vous quelques travaux en cours qui pourraient perturber cette recherche dans l'immédiat.

— Je suis persuadée que cela ira, Mr le président.

— Comme à votre habitude, Mr Raphet. Je vous en remercie.

— Merci, Mr le président.

— Bien, à vous de jouer, si je puis dire.

Charles René s'enfonça dans son fauteuil qu'il fit pivoter vers la mer.

Cinquante ans déjà. Existe-t-elle encore ? Un demi-siècle, déjà un demi-siècle.

Juillet 2004. Charles René est fatigué. Son médecin personnel, Louis Tenoux, n'a rien décelé d'anormal dans ses analyses. Il est usé, c'est tout. Le moteur s'épuise. Au fond, il s'en fout. Il a réussi ce qu'il voulait enfant : être reconnu, salué, être un monsieur. C'est fait. Alors maintenant « ciao ». Plus rien ne l'intéresse vraiment, ni la richesse, ni les femmes qu'il ne peut malheureusement plus satisfaire. Pour les hommes, n'en parlons pas. Il s'en fout aussi. Mais vivre sans femme à aimer… Que la vie est triste, sans piment, sans sel. Comme manger sans ces aromates de Provence qu'il a tant aimés. Sans femme et leur intimité à découvrir. Non, son temps est passé. Au fond, le bilan de sa vie est bon. Mais bon de quoi ? De rien. Si, de s'être sorti de cette misère à laquelle il était destiné. Sa fortune, parlons-en. Pour qui ? Une partie à Mme Cavallo, veuve aujourd'hui de Mr l'amiral Sourrissot. Mais à son âge, elle n'en profitera pas beaucoup, et pour le reste, à la fondation Charles René Travaillini, pour l'enfance malheureuse, les déshérités et les immigrés. Oui, de ce côté, ce n'est pas mal.

Il s'agite, Charles René, revient sur terre. Il s'installe plus confortablement dans son fauteuil. Il écouté un CD sur les années cinquante/soixante. Réécoute le rapport de Mme Raphet. Mme veuve Mauricette Gaëtane Cavallo, veuve de Mr l'amiral Sourrissot, demeurant villa les mimosas, chemin Marcel Pagnol, Aubagne.

Charles René avait demandé un complément d'informations sur elle. Il attendait donc la suite. Mme Raphet, sa secrétaire, devait lui faxer à dix-huit heures. Il était seize heures.

Mauricette veuve… Un moment, oh, un moment seulement il avait envisagé de la revoir. Mais il avait vite caché au fond de lui cette idée. Avoir un affrontement après un demi siècle ?… Elle ne se souvenait très certainement plus de lui. Pourquoi perturber peut-être sa vie ? Non, laissons donc au temps sa victoire sur le passé.

Ah, s'il pouvait revenir en arrière juste un certain jour, une certaine heure, un certain moment, un certain retour d'opération à Saigon où un morceau de sparadrap avait tout bouversé. Oui, il regrettait peut-être ça au bout du compte et aussi de partir de l'autre côté sous un nom d'emprunt et non sous son nom réel : Angelo Luiggi Rastrelli, né à Marseille, fils de Marcello et Laura Rastrelli.

Marseille, trois jours plus tard. Charles René Travaillini revient à lui, allongé sur son lit. Il sourit à son dernier voyage à remonter le temps.

La mer est devant lui. Il entend le cliquetis de l'ordinateur qui lui annonce sans doute un mail. Une invitation certainement. Des images défilent de plus en plus vite devant lui. Il revoit Mauricette je ne sais qui, de FR3. Il l'entend, cette grande bringue qui a eu le culot de se prénommer Mauricette, lui poser cette question stupide : qu'auriez-vous ou qu'avez-vous aimé le plus dans votre existence ? Aujourd'hui il sait : Mauricette et Marseille.

Armande, l'infirmière, entre, se penche sur lui, tâte son pouls. Elle se signe en lui fermant les paupières.

Juste avant, elle était passée à côté lorsque le cliquetis de l'ordinateur s'est arrêté, lui délivrant un mail. Quelques lignes de sa secrétaire, l'efficace Mme Raphet : « suite rapport. Mme veuve Sourrissot, née Mauricette Gaëtane Cavallo, demeurant villa les mimosas, chemin Marcel Pagnol, Aubagne, mère de Angelo Luiggi Sourrissot, né le 24 juillet 1954, à Marseille, demeurant boulevard du Prado, à Marseille. Profession : chirurgien. »

Il l'avait lu. Il avait même eu un sourire avant de s'endormir définitivement.

Noël 2004. Une simple pierre tombale sur laquelle est gravé « Ce n'est qu'un au revoir » Charles René Travaillini. Près d'elle, une femme en noire vient de poser sur la pierre de marbre une orchidée juste mouillée d'une larme de cristal.

Achevé d'imprimer sur les presses
d'**Arti Grafiche** en juin 2005.
Tel France : 03.89.73.34.53
Via Vaccareccia, 57 - 00040 Pomezia - Roma
Italie.

Dépôt légal : juillet 2005